フランソワ・トリュフォー、マルセル・ムーシー

大人は判ってくれない

山田宏一 訳

Saturday Cinema Books

土曜社

LES QUATRE CENTS COUPS

FRANÇOIS TRUFFAUT, MARCEL MOUSSY

©François Truffaut and Marcel Moussy, 1959
Photo ©André Dino

映画と人生が出合うとき

山田宏一

　『大人は判ってくれない』は1959年の作品です。半世紀をへて、古典と言ってもいいくらいなのに、そんな歴史的価値のみに限定された古めかしさなどまったく感じられない、いまなお生々しく、どこか落ち着きのない、迫真性のある、鮮烈な映画であることにおどろかされます。27歳のフランソワ・トリュフォー監督の長篇第1作で、しかも体験にもとづく自伝的な作品というだけあって、その痛々しいくらいのみずみずしい感性に心打たれます。映画には古いも新しいもない、ただ「映画」があるだけなのだということなのでしょう。

　宿題ができずに学校をサボってしまった翌日、担任の先生に無断欠席の理由を聞かれて、「母が……」と口ごもりながら何かうまい口実を見つけてごまかそうとするものの、間髪を入れずに「母がどうした？」と先生に迫られ、思わず「死にました」と、とんでもない大うそをついてしまって自分に嫌気が差して落ち込んでしまうところなど、いたずら盛りでもある反抗期の少年を演じるジャン＝ピエール・レオーのすばらしい演技（と言っていいのかどうかわからないほどの自然な反応）の見事さもあって、思わず笑いながらも、身につまされる感じがしたものです。暴力的な不良というのではないのですが、家出や盗みなど非行をくりかえし

て両親にも見捨てられた13歳の少年が護送車にのせられて移送される夜のシーンも忘れられない。街の灯がきらめき、遠ざかっていく。窓の鉄格子につかまった少年の頬にひとすじの涙が光る。

　僻地の少年鑑別所に収容され、面会日に、唯一の親友が遠くから自転車にのって会いに来てくれたけれども未成年ということで面会を拒絶され、ガラス戸越しに手を振るだけの悲しい別れのあと、会いたくもなかった母親が面会室で決定的なひとことを浴びせる——「自立したいんだろ。勝手になさい。なんでも好きにすればいい」。

　食堂でパンをちょっと先につまんでしまって監視官に強烈な平手打ちを食うところも、一瞬だが、痛みが伝わってくるすさまじさ。精神科の女医によばれて口頭試問のように出生の秘密や家族のこと、うそをついたり盗んだりする癖があったことなどについて、次々と追及されて答えるところはこの映画の白眉と言いたい生々しくドキュメンタルな見事さです。ここは、実際はトリュフォー監督がジャン＝ピエール・レオーに直接インタビューをし、精神科の女医が質問しているようにアネット・ヴァドマンという女性のシナリオライターの声に吹き替えたとのこと。突撃インタビューも迫力があるのですが、ジャン＝ピエール・レオーの答えようのリアルな見事

さたるや、どこまでが演技なのかわからないくらいなのです。のちにトリュフォー監督にうかがったところ、事前にインタビューの打ち合わせはしていたけれども、ジャン＝ピエール・レオーは映画の主人公のアントワーヌ・ドワネルを演じているはずなのに、早口のトリュフォー監督の矢継ぎ早の質問攻めに、ついあわてて、ときどき役と自分自身を混同してしまって答えているところもあるとのことでした。

　ジャン＝ピエール・レオーはすらすらと、あるいは、ときとして口ごもりつつ、質問に答えていく。と、「女と寝たことは？」と聞かれ、一瞬ぐっとつまる感じで目を伏せ、ほんのちょっとモジモジしてから、暗い、なんとも言えぬ暗い上目づかいでニヤッと笑うのです。そのナイーブなようでひねくれたような微妙な反応にはドキリとし、その小さな衝撃がいつまでも心に残りました。あれほど生々しい真実の表情をそれまで映画のなかでは見たことがなかったような気がしたのです。映画の核心に最も近づいたような印象をうけたのも、このシーンを見たときです。

　海を見たことがない少年は、たぶん、鑑別所が海の近くにあることを知って、サッカーの練習の途中に、監視のすきをねらって脱走します。トン

ネル状の橋の下に隠れて追手をやりすごし、方向を変え、まだ見ぬ海に向かって、森を抜け、野原を越えて走りつづけます。おそらくは夜どおし走りつづけ、朝になって、まだ人気のない田舎道を走りに走って、ついに海辺に出るのです。

　余談になりますが、1990年にシャルロット・ゲンズブール主演の『小さな泥棒』というフランス映画の日本公開に合わせて来日したクロード・ミレール監督にインタビューをして、トリュフォー監督の思い出をいろいろと語ってもらったことがあります。周知のとおり、トリュフォー監督は1984年にがんのため52歳で亡くなりました。生前にシナリオを書いて映画化を企画していた1本が『大人は判ってくれない』の女性版といわれる『小さな泥棒』でした。ミレールは1985年にシャルロット・ゲンズブールをデビューさせた『なまいきシャルロット』の監督ですが、その前は長いあいだトリュフォー監督の映画の製作主任をつとめて親しく付き合っていたこともあって、『小さな泥棒』を、いわばトリュフォー監督の遺志を継いで、映画化することになったのでした。そのミレール監督の思い出に、トリュフォー監督とサッカーをやった話が出てきたのです。1975年の夏、ミレール監督の長篇映画第1作『一番うまい歩き方』とトリュフォー監督の15本目の長篇

映画『トリュフォーの思春期』が偶然すぐ近くで
ロケーション撮影をしていて、日曜日は撮影が休
みなので、おたがいにチームをつくって、よくサッ
カーの試合をやったとのこと。トリュフォー監
督も、もちろん参加、「すばらしい選手でしたよ。
フランソワは水のスポーツとか山のスポーツは大
嫌いでしたが、走るのは得意でした。ものすごく
速く走る」とのこと。

　『大人は判ってくれない』の少年は、走りに走
って海にたどり着き、波打ち際に呆然とたたずむ
かに見えるのですが、ためらいつつも海に背を向
ける。その瞬間に画面がストップモーションで凍
てついたように静止し、キャメラが速いスピード
で寄っていく。ジャン゠ピエール・レオーの顔が
クローズアップになる。暗い孤独なまなざしで途
方に暮れながらも何かを決意したかのような表情
です。そこへFIN（終）の文字がかぶさって出るの
ですが、それはあたかも海のような人生の無限の
ひろがりを前にして、あるはじまりを示唆するか
のようです。トリュフォー監督はこんなふうに語
っています――「映画のラストはジャン゠ピエー
ル・レオーがキャメラのほうを向くように決めて
ありました。というのも、それまでは絶対にキャ
メラのほうを見ないように彼に言ってあった。そ

して、ラストで、はじめて、彼がキャメラに向かって、すなわち観客に向かって、まっすぐ視線を投げかけるというふうにしたかった。ところが、ジャン＝ピエール・レオーはこちらを一瞬見ただけで、すぐ顔をそむけてしまう。やむを得ず、そこで画面をストップモーションにして、彼がこちらを見たままの顔で終わらせることにしたのです。わたしの意図は、ここで観客に問題を送りかえすことにあった。さて、みなさんはこの少年をどうするつもりですか？といったぐあいに。社会に対する少年の怒りの表現や反逆の姿勢を見出した人もいるし、少年の自殺の決意を読み取った人もいましたが、それはわたしの意図ではありません」。

　フランソワ・トリュフォーは、『大人は判ってくれない』の少年のように、学校をサボって映画に熱中し、家出をくりかえし、自らシネクラブを結成して大失敗したりして両親の手に負えず、少年鑑別所送りになり、さらに失恋の痛手で自ら志願して兵役に就くものの脱走して逮捕され、軍刑務所に入れられたりして、映画よりも映画的な、ドラマチックだが破滅的な青春時代を送ることになるのですが、シネクラブ時代に知り合った14歳年上の映画批評家（そしてシネクラブ運動の推進者でもあった）アンドレ・バザンに助けられ、その保護と手引きで映画批評を書きはじ

め、次いで映画監督になります。1958年、『大人は判ってくれない』の撮影に入ったその夜、アンドレ・バザンは長いあいだわずらっていた肺結核の発作で危篤に陥り、深夜3時に亡くなります。「涙がとまらなかった」とトリュフォーは追悼文に書いています。涙をこらえて、7週間の撮影を終え、映画は完成。「亡きアンドレ・バザンの思い出に」捧げられました。

『大人は判ってくれない』の冒頭のタイトルバックも印象的で、エッフェル塔が、まるで1953年の日本映画、五所平之助監督の傑作（脚本は小國英雄〈おぐにひでお〉です）『煙突の見える場所』のお化け煙突のように、右に左に、遠くに近くに、見えつ隠れつするパリの街並の移動撮影が、いつのまにか観客の気持ちをしっくりと映画のなかに誘い込みます。トリュフォー監督は少年時代に親の金をくすねて、遠くまで映画を見に行って、うまくただ見ができないときは帰りのメトロの切符を買う金もなくなって、エッフェル塔を目標に歩いて帰ってきたそうです。ところが、エトワール広場からはじまって放射線状に、あるいは渦巻状に並んだりしているパリの街路のせいか、袋小路に迷い込んだり、エッフェル塔が大きく見えたかと思うと消えてしまったりして、なかなかピガール広

場のすぐ近くの家にたどり着けなかった。そんな体験をもとに、『大人は判ってくれない』の前に、地方からパリに出てきた青年（ジャン＝クロード・ブリアリが演じる予定でした）がすぐ目の前に大きく見えるエッフェル塔へ行こうとしてもどうしてもたどり着けないという短篇映画（題名も『エッフェル塔』）を撮ろうと企画したこともあったということで、そのなごりというか、しこりが『大人は判ってくれない』のタイトルバックに反映しているのではないかと思う、とトリュフォー監督は語ってくれました。その後も、トリュフォー監督の映画には、かならずと言っていいくらいエッフェル塔が出てきます。エッフェル塔が見えない場所が舞台になった映画でも、エッフェル塔の模型などが、まるで縁起物のように重要な付き物になっています。トリュフォー監督自身も、パリのどこに住んでも、エッフェル塔が見えないと不安で落ち着かないと言って、引越しのときは何よりもまずエッフェル塔が見える場所にアパルトマンをさがしたとのことでした。

（やまだ・こういち　本書訳者／映画評論家）

映画と人生が出合うとき

LES QUATRE CENTS COUPS

FRANÇOIS TRUFFAUT, MARCEL MOUSSY

大人は判ってくれない

シナリオ採録 山田宏一

FICHE TECHNIQUE

Scénario et Mise en Scène	FRANÇOIS TRUFFAUT
Adaptation	MARCEL MOUSSY / FRANÇOIS TRUFFAUT
Dialogues	MARCEL MOUSSY
Chef Opérateur	HENRI DECAE
Cameraman	JEAN RABIER
Décors	BERNARD EVEIN
Musique	JEAN CONSTANTIN
Son	JEAN-CLAUDE MARCHETTI
Assistant Réalisateur	PHILIPPE DE BROCA
Montage	MARIE-JOSÈPHE YOYOTTE
Régie	JEAN LAVIE / ROBERT LACHENAY
Directeur de la production	GEORGES CHARLOT

FICHE ARTISTIQUE

Antoine Doinel	JEAN-PIERRE LÉAUD
Julien, son beau-père	ALBERT RÉMY
Gilberte, sa mère	CLAIRE MAURIER
René Bigey	PATRICK AUFFAY
M. Bigey, père de René	GEORGES FLAMANT
Mme. Bigey, mère de René	YVONNE CLAUDIE
"Petite Feuille", le professeur	GUY DECOMBLE
"Bécassine", le professeur d'anglais	PIERRE REPP
Le directeur de l'école	ROBERT BEAUVAIS
Le juge d'instruction	CLAUDE MANSARD
Le concierge	HENRI VIRLOGEUX
Abou	RICHARD KANAYAN
La jeune femme au petit chien	JEANNE MOREAU
Le passant	JEAN-CLAUDE BRIALY

・・タイトル

「大人は判ってくれない」

パリの町並の移動撮影。エッフェル塔が見え隠れする。クレジットタイトル(スタッフ・キャスト)が出たあとに、「亡きアンドレ・バザンの思い出に捧ぐ」

・・学校のアントワーヌ

小学校の教室。答案を書いている男子生徒たち。水着姿のピンナップガールの写真がひそかに回覧され、アントワーヌ・ドワネルの番に回ってきた時、教師に見つかる。

教師「ドワネル、持ってこい」

アントワーヌ、写真を持っていく。

教師「(写真を見て)けしからん。立ってろ」

立たされ坊主のアントワーヌ。

教師「(教室の生徒たちに向かって)あと1分」

生徒一同、「ウワー!」とどよめく。

教師「静かに。(そして机の間を歩きながら)あと30秒で集める」

生徒たち、一斉に不服の叫びを上げる。

教師「静かに。前列は用意して。3つ数える。1…2…3…集めろ」

各列の列長が答案を集めはじめる。

しかし、ルネはまだ書きつづけていて、渡そうとしない。

ルネ「うしろから集めろ」

列長のモリセが答案を取り上げようとする。

ルネ「待てったら」

教師「(聞きとがめて)何だ?」

モリセ「ルネがズルを」

教師「許さん」

ルネ「(モリセに答案を取られて) イヌめ」

教師「全員、提出したか。出てよろしい」

　　　教室の片隅に立たされていたアントワーヌもこの
　　　機を利用して出ていこうとするが、

教師「こら、お前はダメだ。罰として立ってろ」

　　　校庭では生徒たちが思い思いに遊び興じているが、
　　　アントワーヌは休み時間も奪われ、その腹いせに
　　　教室の壁に詩の形式で抗議の落書きをする。
　　　「不当なる罰に泣くドワネル／天のみぞ知る／目に
　　　は目を／歯には歯を」
　　　校庭では、先生が、休み時間といえども、生徒た
　　　ちを見張っている。喧嘩をはじめた2人の生徒を
　　　つかまえ、

教師「ひまさえあると、こうだ。お前たちには罰とし
　　て3日間、休み時間なしだ」

　　　休み時間が終わって、生徒たちがまた教室に入る。
　　　モリセがめざとくアントワーヌの落書きを見つけ、
　　　みんなを呼んで集める。

モリセ「面白いぞ」

教師「何がそんなに面白い？　席につけ」

　　　壁の落書きに気づいた教師はアントワーヌの襟首
　　　をつかまえて教壇の前にひっぱり出す。

教師「(皮肉な口調で) お見事。若き詩人の誕生だ。だが、
　　文法もろくに知らん。明日までの宿題を出す。席
　　につけ。宿題は動詞の変化だ」

　　　アントワーヌはふてくされながら席につく。

教師「他の者は暗誦の用意を。(そしてアントワーヌに動詞の変化の宿題を出す)"私は教室の壁を汚した。そしてフランス詩の形式をけがした"。(それから生徒全員に向かって暗誦の主題を言う)"ウサギ"。(そしてまたアントワーヌに)ドワネル、落書きを消すものを持ってこい。わかったか」

　　　教師が黒板に向かい、生徒たちに背を向けたとたんに、1人の生徒が席を離れてふざけはじめる。

教師「(黒板に向かったまま)リシェ、席を勝手に変えるな」

　　　教師はジャン・リシュパンの詩"ウサギ"を声に出して読みながら、黒板にチョークで書いていく。

教師「"時は茂みが/燃えるように赤い花々で色づく頃/もう私の長い耳の先っぽが/ライ麦より高く突き出て/目立つほどだった/私は青い若芽を食べた/あちこちの芽をつまんだ/ある日/くたびれ果てて/巣のなかで眠っていたら/可愛いマルゴが現われた"」

　　　髪の毛の縮れた少年が一所懸命ノートに書き写そうとするが、書き損じてはページを破り、とうとうノート1冊分を台無しにしてしまう。

　　　アントワーヌが壁の落書きを洗い落としながら教師をバカにしたジェスチャーをするので、生徒たちが笑う。

教師「シモノだな」

シモノ「(立ち上がって)違います」

教師「ごまかすな。(ふたたびリシュパンの"ウサギ"を読みながら黒板に書きつづける)"彼女は私をとても愛してくれた/やさしい女主人だった/とても親切で/思いやりがあって/ひざの上で私を抱きしめ/キスしてくれた"」

　　　生徒たちは立ち上がって、キスや抱擁のポーズをま

　　　　ね、口笛を吹く。

教師「(ふりむいて) 誰だ、口笛は。名乗り出ろ。情けな
　　い連中だ。シモノか」

シモノ「(立ち上がって) 違います」

　　　　教師はチョークをシモノに向かって投げつける。

シモノ「違います」

教師「卑怯者ばかり。ひどいクラスだ。頭が悪いば
　　かりか、生意気だ。恥知らずだ。(アントワーヌが落書き
　　を消した壁を見て) こら、消したのか、汚したのか。席
　　に戻れ。親が泣くぞ。10年後のフランスが思いや
　　られる」

　　　　学校が終わり、生徒たちが校門から出てくる。ア
　　　　ントワーヌとルネが話しながら歩いてくる。

ルネ「親の金をくすねるさ」

アントワーヌ「大変だぞ」

　　　　モリセが前を歩いていく。

ルネ「モリセのやつめ」

　　　　そして、モリセを追いかけて、つかまえる。モリセ
　　　　は得意気に水中めがねをかけている。

アントワーヌとルネ「おい、モリセ。水中めがねを
　　どこで買った？」

モリセ「特売店さ」

ルネ「金はどうした？　くすねた金だろ。自分だけけ
　　い顔するな」

アントワーヌ「落書きがバレたのも、お前のせいだ
　　ぞ。汚ねえ野郎だ」

ルネ「覚悟しろ」

アントワーヌ「思い知らせてやる」

などと捨てぜりふをモリセに投げつけて、2人は歩き
出す。

アントワーヌ「今夜中に宿題なんて、ひどいやつだ」

冬の寒々とした街路のベンチに腰をおろして、

ルネ「先生だからな」

アントワーヌ「兵役に行く前にぶんなぐってやる」

2人はベンチから立ち上がり、別れる。

・・アントワーヌの家

質素なアパルトマン。アントワーヌはストーブに石炭
をくべ、汚れた手を窓のカーテンでふく。壁ぎわの
机のふたを持ち上げ、すばやく何枚かの札を抜き
取ってポケットにしまいこむ。

隣の寝室に入り、母親の化粧台の鏡に向かって、ヘ
ア・ブラシで髪をなでつけるまねをしたり、アイラッ
シュ・カーラーで自分のまつげをはさんで上向きに
カールさせるまねをしたりするが、その遊びにも飽き
て、立ち上がる。

食器戸棚からナプキン、皿、ナイフ、フォークなどを
取り出し、食卓の上に並べ終えたアントワーヌは、カ
バンからノートを出して、動詞の変化の宿題に取り
かかる。

アントワーヌ「"私は教室の壁を汚した"」

その時、母親のジルベルトが帰ってくる。アントワー
ヌはあわててノートを閉じ、カバンにしまいこむ。

アントワーヌ「お帰り、ママ」

ジルベルト「(そっけなく) ただいま。(台所のほうを見て) 小麦
粉は?」

アントワーヌ「小麦粉?」

ジルベルト 「買物のメモを読んだでしょ」

アントワーヌ 「？」

ジルベルト 「メモはどこ？」

アントワーヌ 「なくした」

ジルベルト 「成績が悪いのも当然ね。(スカートをめくり、太腿もあらわにガーターをはずしてストッキングをぬぎながら) スリッパを持ってきて。寝室のベッドの下を探して。(スリッパを持ってきたアントワーヌに) 小麦粉をすぐ買ってきて」

　　　　　アントワーヌは走って出ていき、小麦粉を買うために食料品店の前に並んで順番を待つ。2人の婦人が、困惑するアントワーヌを尻目に、ずけずけと話し合っている。

婦人A 「うちは逆子でしたよ。家系なのね。母も難産で……」

婦人B 「うちは長女のお産は楽でした。でも末娘の時は帝王切開で、死ぬところでした」

婦人A 「うちは妹も難産つづきよ。医者にも見放されて、そのあげく体中から血を抜かれて……」

　　　　　小麦粉を買って戻る途中、アントワーヌは父親ジュリアンといっしょになり、アパルトマンの階段をのぼってくる。

ジュリアン 「今頃、買物か」

アントワーヌ 「忘れて、ママにしかられた」

ジュリアン 「ママを怒らせないように気をつけろ」

アントワーヌ 「(父親が小脇にかかえている車のヘッドライトを見て) それ、何？」

ジュリアン「フォグランプだ。ラリーに使うのさ」

> アントワーヌの持っている小麦粉の袋に指先をつっこんだジュリアンは、ふざけてアントワーヌの鼻先に粉をこすりつけ、大笑いしながら部屋に入ってくる。

ジュリアン「見ろ、息子も厚化粧だ」

ジルベルト「ふざけないで」

ジュリアン（陽気に）私も同感だ」

ジルベルト（アントワーヌに）お釣りは?」

アントワーヌ「昼食代に……」

ジルベルト「パパにおたのみ。さあ、お出し（アントワーヌから釣り銭を取って台所に入っていく）」

ジュリアン「ご機嫌斜めだ」

アントワーヌ「昼食代を」

ジュリアン「何だと?」

アントワーヌ「1000フランいるんだよ」

ジュリアン「500フランでいいんだろ。300フランでも。（札を出して）100フランやる。（不服そうなアントワーヌを見て）ほら、500フランだ。今度だけだぞ」

ジルベルト（エプロンをつけて台所から出てくる）ハサミはどこ?」

ジュリアン（歌うような調子で）私のハサミはどこにある?」

> アントワーヌ、笑う。

ジルベルト「お前まで何さ。（食卓の上でカバンをひろげるアントワーヌを見て）宿題なんかしてないで食卓の用意を」

ジュリアン（揶揄的に、妻のご機嫌を取るかのように、聞こえよがしに）そう、何事も時と場合を心得ましょう」

ジュリアン（アントワーヌの万年筆を見て手に取り）この万年筆は?」

アントワーヌ「交換した」

ジュリアン「また交換か。(台所から何かにおうらしく) 何だ、こげくさいな」

アントワーヌ「魚だよ」

ジュリアン「雑巾を焼いてるのかとママにきけよ」

アントワーヌ「なぜ?」

ジュリアン「冗談にさ」

　　　　ジルベルトがスープの入った鍋を持ってくる。
　　　　ジュリアンがみんなの皿にスープを注ぐ。

　　　　食事がすみ、アントワーヌは皿の上の食べ残しの
　　　　魚にナイフでいたずらしている。

ジルベルト「(アントワーヌに) 片づけておくれ」

ジュリアン「(ナプキンをたたみながら) いとこの女房が近くお産だってさ」

ジルベルト「もう4人目よ。ゾッとするわ」

　　　　アントワーヌは皿を片づけて台所に運んでいく。

ジュリアン「夏休み(バカンス)には子供をどうする?」

ジルベルト「林間学校があるわ」

ジュリアン「それが一番だな」

ジルベルト「まだ8か月も先よ」

ジュリアン「計画は早いほうがいい」

　　　　それから、ジュリアンはアントワーヌに手伝わせ
　　　　て長い旗のようなものをひろげる。

ジュリアン「そんなに引っぱるな。どうだ、いいだろ」

アントワーヌ「(旗に書かれた文字を読む) ライオン・クラブ
　　　　(『すごいな』というように口笛を吹く)」

ジルベルト 「何を騒いでるの」

ジュリアン 「(アントワーヌの手を借りて旗を巻き戻しながら) そっと
巻くんだぞ。(ジルベルトに) 次の日曜日だが、どのコース
がいい？ 選べるんだ」

ジルベルト 「私は行かない。約束があるの」

ジュリアン 「それは困る」

ジルベルト 「むりよ。午前中は家事、午後は……」

ジュリアン 「男遊びか。(妻の顔色が変わるので、ごまかして) ま、
そんなところだろ」

ジルベルト 「(アントワーヌに) 早く寝なさい」

アントワーヌ 「(あわてて) おやすみなさい」

　　　　　アントワーヌは玄関から部屋に入る間の通路の壁ぎ
　　　　　わに置かれた小さなソファに寝袋をひろげて眠ろう
　　　　　とする。両親の口論がドアごしに聞こえてくる。

ジルベルト 「なんてバカなの」

ジュリアン 「冗談もわからんのか」

ジルベルト 「バカなことばかり言って」

　　　　　突然、ドアがあいて、

ジルベルト 「(アントワーヌに) ゴミを捨てて、灯を消すの
よ」

　　　　　それからまたドアの向こうで口論がつづく。

ジュリアン 「ラリーに出ると、コネもできて出世の糸口
に……」

　　　　　アントワーヌは台所のゴミを集め、暗い階段をおりて、
　　　　　ゴミ捨て場に捨てに行く。

　　　　　朝、アントワーヌは母親に起こされる。

ジルベルト 「起きて、早く。寝すごしたわ」

　　　　　アントワーヌは起き上がり、寝袋から抜け出して着が

え、洗面所に行く。鏡に向かうと、教師の脅迫の
ような声が耳もとにひびいてくる。

教師の声「"私は教室の壁を汚した"」

鏡の奥に父親の姿が見える。

ジュリアン「(靴下を妻のジルベルトに見せ) どれも穴があい
てる」

ジルベルト「新しいのを買って。あとは洗濯屋なの」

ジュリアン「子供のシーツ代は渡したはずだ」

ジルベルト「あの子は寝袋が好きなのよ。(アントワーヌ
に) そうね?」

アントワーヌ「暖かくて気持ちがいいよ」

ジュリアン「まだいたのか」

アントワーヌ「(急いで部屋を出ながら) 行ってきます」

・・道草

朝の街を急ぐアントワーヌ。

悪友のルネが悠然と歩いてくる。

ルネ「アントワーヌ。そう急ぐなよ」

アントワーヌ「遅刻するぞ。また罰を食らうのはい
やだぜ」

ルネ「あわてるな」

アントワーヌ「なぜだ?」

ルネ「どうせ罰を食う」

アントワーヌ「(パンをかじりながら) そうか」

ルネ「あきらめろ。Have you money (金は)?」

アントワーヌ「Yes、昼食代だけ」

ルネ「まかせろ。こっちだ」

アントワーヌ「どこへ行く?」

ルネはアントワーヌを連れて進み、ドアが開いて

いるアパルトマンに入る。

ルネ「カバンをドアの裏に」

アントワーヌ「盗られないか」

ルネ「安全な場所だ」

2人はカバンをドアの裏に隠し、すっかり身軽になって遊び回る。

映画館から出てくる2人。ピンボールに興じる2人。遊園地の回転盤に入るアントワーヌ。何人かが入り、そのなかに監督のフランソワ・トリュフォーもいる。上のほうの観覧台からルネがのぞいている。回転盤が回転しはじめ、次第に速度を早める。アントワーヌも他の者も遠心力で回転盤の壁面に押しつけられ、宙に浮く感じになる。アントワーヌは壁面に張りついたまま逆さまになる。やがて回転の速度がゆるやかになり、回転がとまる。一瞬よろめきながらも、バランスを取り戻して、回転盤から出てくるアントワーヌ。

街路を歩き回るアントワーヌとルネ。

広場の地下鉄の出口のあたりで、男と女が抱き合ってキスをしている。ふと女の目が通りがかりのアントワーヌの目と合う。女はアントワーヌの母親のジルベルトだ。

ジルベルト「(ハッとしてキスをやめ) 息子よ。見られたわ」

男「(立ち去っていく2人の少年を目で追いながら) どっちの子?」

ジルベルト「栗色の髪のほう。学校に行ってるはずなのに」

アントワーヌは逃げるように急ぎ足で車道を横断して反対側の歩道に向かって歩き出す。ルネも追いすがるように急ぐ。

ルネ「どうする？」

アントワーヌ「どうもしないさ」

ルネ「あの男は？」

アントワーヌ「知らない」

ルネ「なら、心配ない」

> 2人はカバンを隠しておいたアパルトマンの入口に戻り、ドアのかげからカバンを取り出して去る。その様子を並木のかげに身を寄せてじっとうかがっているのは、同級生のモリセである。

> アントワーヌとルネは別れぎわに「明日」のことを相談する。

アントワーヌ「明日は学校に行く。欠席届がいるな。どうする？」

ルネ「古い欠席届がある。日付を消せばいい。(欠席届を出してアントワーヌに渡し) これを写せよ」

アントワーヌ「字はどうする？」

ルネ「母親のをまねるさ」

アントワーヌ「とがった字で、むずかしい」

ルネ「なんとかしろ」

アントワーヌ「そうだな」

> 2人は「また明日」と言って別れる。

・・ウソつきアントワーヌ

> アントワーヌはルネから借りた欠席届を出して、読み上げながら書き写しはじめる。

アントワーヌ「先生、まことに失礼ですが、実は息子のルネの体の調子が悪くて…… (とそこまできて突然気がつき) ルネじゃない」

　　　　　　手紙をまるめて、わきのストーブに投げこみ、ルネの

　　　　　　欠席届をカバンのなかにしまう。

　　　　　　父親のジュリアンが帰ってくる。出迎えるアントワー

　　　　　　ヌ。

ジュリアン　「(ストーブに紙をくべたにおいに) またこげくさい

　　　　　な」

アントワーヌ　「下からだよ」

ジュリアン　「今晩は2人だけだ」

アントワーヌ　「ママは？」

ジュリアン　「今夜はおそくなるってさ。年末の会計の

　　　　　追い込みで。だから今夜は男2人で料理と食事だ。

　　　　　タマゴがあるだろう」

アントワーヌ　「あるよ」

　　　　　　2人は台所に入り、アントワーヌがマッチでガスに火

　　　　　　をつける。父親はエプロンをかけてガス台に向かい、

　　　　　　フライパンに油をそそぐ。

ジュリアン　「勉強したか」

アントワーヌ　「したよ」

ジュリアン　「何を勉強した？」

アントワーヌ　「"ウサギ"」

ジュリアン　「ああ、"ウサギとカメ"か」

アントワーヌ　「ただの"ウサギ"だよ」

ジュリアン　「暗誦か」

アントワーヌ　「うん、でも当たらなかった」

ジュリアン　「自分から先に手をあげるんだ。競争に負

　　　　　けるぞ。先手を取らないとな」

　　　　　　ジュリアンは話しながらアントワーヌから受け取った

　　　　　　タマゴを1個ずつ割ってはフライパンに落とす。

ジュリアン　「ママの誕生日がもうすぐだ。17日だよ。

何かプレゼントを……（アントワーヌが答えないので）聞い
てるのか。（アントワーヌから受け取ったタマゴを割り）気持ち
はわかる。ママはお前にきつく当たる。イライラし
てるんだ。でも、ママの気にもなれ。仕事が多す
ぎるんだよ、内でも外でも。ここは狭すぎるし、新
しい家を探すつもりだ。ママは事務所でも働き通
しだ。女はどこでもこき使われる。だが、ママはお
前を愛してるんだ」

　と言ったとたんに、タマゴを割りそこねて手がべ
ちゃべちゃになる。アントワーヌが笑い出す。

　食事がすんだあと、父親は何かを探しはじめる。

ジュリアン「アントワーヌ、私の“旅ガイド”は？」

アントワーヌ「知らない」

ジュリアン「ウソつけ。知ってるはずだ」

アントワーヌ「知らない」

ジュリアン「きのうはあったぞ」

アントワーヌ「知らない」

ジュリアン「消えてなくなったというのか」

アントワーヌ「知らない」

ジュリアン「（追及をあきらめて）ママに聞こう。もう寝ろ。
　ゴミを捨てろよ」

　　夜おそく、玄関の通路の片隅で、アントワーヌは
　　寝袋にくるまって、暗がりのなかで目をあけてい
　　る。表に車のとまる音がし、やがてドアがあき、
　　母親が帰ってくる。アントワーヌの“ベッド”を
　　そっとまたいでいく母親の脚。
　　ドアごしに両親がいがみ合う声が聞こえてくる。

ジルベルト「社長よ」

ジュリアン「社長だと？」

ジルベルト「わざわざ車で送ってくれたのよ」

ジュリアン「残業手当は？」

ジルベルト「もちろんよ」

ジュリアン「即金でもらえ」

ジルベルト「もういいかげんにして」

ジュリアン「それで日曜はお遊びか」

　　　　　息を殺して聞き入るアントワーヌ。

ジュリアン「私の"旅ガイド"は？」

ジルベルト「子供が知ってるわよ」

ジュリアン「知らんとさ」

ジルベルト「ウソついてるのよ」

ジュリアン「母親の血だ」

ジルベルト「父親の教育よ」

ジュリアン「私がいなきゃ、父なし子だぞ」

ジルベルト「何かというと、そればかり。聞きあきたわ。
　　子供を孤児院にでも入れなさいよ。そのほうが私も
　　楽だわ」

　　　　翌朝、アントワーヌが家を出たあと、待ち構えていた
　　　　ように同級生のモリセがドワネル夫妻のアパルトマン
　　　　に入っていく。ドワネル夫妻は生活費のことで、おた
　　　　がいにあてこすりをしている。

ジルベルト「月末までお金がもたないわ」

ジュリアン「洗濯ぐらいやれよ。襟を洗うだけでもい
　　い」

ジルベルト「フォグランプを買ったくせに」

ジュリアン「中古品だ」

　　　　ドアのベルが鳴る。2人は顔を見合わせる。

ジルベルト 「あけてよ」

ジュリアン 「ガス屋かも」

ジルベルト 「外で言うはずよ」

　　　　ジュリアンがドアをあけると、モリセが入口に立っ

　　　　ている。

モリセ 「アントワーヌ君は病気ですか」

ジュリアン 「病気?」

モリセ 「きのう休んだので……」

ジュリアン 「(妻のほうをふりむいて) 聞いたか。(それから、モ

　　リセに向かって) ありがとう」

モリセ 「さよなら」

　　　　モリセは軽快な足取りで去っていく。

　　　　ドワネル夫妻は気まずい対話を交わす。

ジュリアン 「おどろかないのか」

ジルベルト 「おどろかないわ。あの子のことだもの」

　　　　街角でいつものようにルネといっしょになったアン

　　　　トワーヌは、欠席届を書けなかったので、担任の

　　　　教師に対する言い訳を一所懸命考えている。

アントワーヌ 「何と言おう?」

ルネ 「大げさに言うほうがいい。母が脚を折りまし

　　たとかさ、休んだ理由に一番いい」

アントワーヌ 「そんなデタラメ言えないよ」

ルネ 「とにかく、別々に行こう」

アントワーヌ 「よし、ぼくが先に行く」

　　　　アントワーヌは走っていく。

　　　　校庭を抜けようとしたところで、アントワーヌは担

　　　　任の教師につかまってしまう。

教師「お前か。宿題ができずに、仮病か。親をだまして、どんな欠席届を書かせた？　見せろ」

アントワーヌ「何もありません」

教師「何もない？　欠席届もないのか。図々しいやつだ」

アントワーヌ「先生、実は母が……」

教師「母がどうした？」

アントワーヌ「(とっさに) 死にました」

教師「(おどろいて) 悪かった。すまない。病気だったのか？」

アントワーヌ「(口ごもる)」

教師「早く話してくれればよかったのに……。(アントワーヌの肩をやさしくたたいて) さあ、行きなさい」

アントワーヌは生徒たちの列に加わる。ルネが心配顔で聞く。

ルネ「何て言ったんだ？」

アントワーヌ「(すっかり自己嫌悪におちいって) ほっといてくれ」

国語の時間の授業がはじまる。1人の生徒、デュヴェルジェが立ち上がって、つかえながらも一所懸命暗誦しようとしている。うしろの生徒が耳打ちして茶々を入れるので、余計とっちってしまう。

デュヴェルジェ「"森のいばらは……"」

うしろの生徒「(低く) トゲだらけ」

教師「またうしろから助けてもらってるな」

うしろの生徒「(低く) ケツを刺す」

デュヴェルジェ「(笑いをこらえながら) 先生、邪魔するんです」

教師「わかった。つづけて」

デュヴェルジェ「どこからですか」

教師「"花びんの花より……"」

デュヴェルジェ「"花びんの花より優り／独立と〔まさ〕
……"（つかえる）」

教師「"たえざる危険は……"」

デュヴェルジェ「"奴隷の身より優る……"」

教師「（イライラして）"永遠の春が……"、永遠のなまけ
者、もういい。すわれ」

デュヴェルジェ「（すわって）家ではできたのに」

教師「ドワネル（と名ざしてから、アントワーヌのほうを見て）い
や、ごめん。シモノだ」

シモノ「（立ち上がって）"ウサギ"、ジャン・リシュパン作
……」

その時、教室の奥の廊下に、校長とドワネル夫妻
が現われる。担任の教師がネクタイをしめ直し、
緊張した面持ちで立ち上がるので、生徒一同も、
何事かと中腰に立ち上がって、ざわめく。

教師「みんな、すわって」

ガラス戸越しに両親の姿を認めて、アントワーヌ
は青くなる。

教師も廊下に出て、話し合っているのが聞こえる。
アントワーヌが手まねきで呼ばれて立っていく。
父親がドアをあけて入ってくるなり、往復びんた
を食らわす。暗い表情で席に戻ってくるアント
ワーヌのうしろから追いかけるように、校長と教
師の話し合いや父親のどなり声が聞こえてくる。

教師「校長先生、懲罰は当然ですよ」

校長「しかし、限度がある。ご両親だけが厳しくで

きるのです」

ジュリアン「今夜、話し合おう」

　　　　学校がひけたあと、アントワーヌとルネは街の石段
　　　　をおりながら話し合う。

ルネ「どうする?」

アントワーヌ「もう両親とはいっしょに暮らせない。
　　家出するしかない」

ルネ「がまんできないか」

アントワーヌ「もううんざりだ。帰らない。家には手
　　紙を書く」

ルネ「手紙を?」

アントワーヌ「そうだ」

ルネ「でも、どこに泊まる?」

アントワーヌ「わからない。構うもんか」

ルネ「よし、考えがある。1時間後に広場で会おう」
　　　　2人、別れる。

・・**家出**

　　　　夕方、ルネはアントワーヌを連れて古い印刷工場に
　　　　もぐりこむ。輪転機がいそがしく動いているなかを、
　　　　2人は奥に進む。

ルネ「叔父の古い印刷工場だ。床がくさってへこんで
　　る」

アントワーヌ「崩れないか」

ルネ「この下なら暖かくて眠れるよ。(紙クズを入れた麻袋を
　　アントワーヌに渡して) この袋を枕にすればいい。(新聞の束を
　　どけながら) やけに重いな。夜中まで散歩してろよ」

アントワーヌ「(カバンをルネに渡して) カバンはあずかって

くれ」

ルネ「いいとも」

　　　ドワネル家では、アントワーヌから送られてきた
　　　手紙を両親が読んでいる。

ジュリアン「(手紙を読む)"お父さん、お母さん、ぼく
　　はウソつきです……"」

ジルベルト「この私を死なせるなんて」

ジュリアン「好みの問題だよ。(手紙のつづきを読む)"も
　　う家には帰りません。ひとりでがんばって生きてい
　　きます。独立して落ち着いたら、静かに話し合い
　　ましょう。では、さようなら"」

ジルベルト「あの子は私をきらってるのよ」

ジュリアン「つらく当たるからだ」

ジルベルト「いやな子ね」

　　　工場の輪転機の動く音とともに人の声が聞こえ、
　　　アントワーヌは目を覚まし、あわてて外へ出る。ま
　　　だ夜明け前の暗い道をアントワーヌはひとりぶら
　　　つく。突然、通りに面した「楽屋口」と書いてある
　　　出入口から毛皮のオーバーを着た若い女(ジャンヌ・
　　　モロー)が、逃げ出した小犬を追ってとび出してくる。

女「(アントワーヌに)お願い、つかまえて」

　　　アントワーヌが小犬を追いかけていくと、若い男
　　　(ジャン=クロード・ブリアリ)が立ちふさがる。

男「姉さんか」

アントワーヌ「違うよ。犬を探してる」

男「彼女の犬か」

アントワーヌ「知らないよ」

男は小走りに女に近寄っていく。

男「犬ですか」

女「お願い、探して」

男「犬の名は？」

女「知らないの」

  アントワーヌがいっしょになって探そうとすると、男
  は追い払うようにして、

男「よせ、子供は」

アントワーヌ「ぼくが先にたのまれたんだ」

男「(アントワーヌの胸元をつかんで) わからんか」

  男は犬を探すふりをして、女のあとを追っていく。

  アントワーヌはひっそりとした夜道を歩きつづける。

  商店のウインドーに「メリー・クリスマス」と書かれ
  た文字が見える。もうすぐクリスマスである。

  牛乳配達が何ダースもの牛乳びんの入ったケースを
  カフェの前に置いていく。アントワーヌはそのなかか
  ら、すばやく1本の牛乳びんを抜き取り、抱きかかえ
  るようにして隠しながら逃げ出す。

  いろいろな広告が貼り出してある壁に寄りかかって、
  びんから牛乳をゴクゴク飲むアントワーヌ。その背
  後に、チラッとチャップリンの『黄金狂時代』のポス
  ターが見える。

  街路の片隅で、アントワーヌは、あたりに人気のない
  のをうかがい、最後のひと口を飲みほしたあと、牛
  乳びんを下水口に投げこむ。

  それから、広場におりていき、まだ水がふき出てい
  ない大きな噴水で、残りの水に氷が張っているのを
  手でたたいて破り、手に水をつけて顔を洗う。

アントワーヌが学校に行くと、校庭で校長と立ち
話をしている担任の教師につかまる。

教師「ドワネル、親に何と言われた？」

アントワーヌ「全然、何とも」

アントワーヌはそのまま立ち去る。

教師「親も親だ」

校庭で取っ組み合いがはじまる。

教師「(どなる) シャブロル、やめろ」

英語の授業がはじまる。ルネが教壇の前に立たさ
れ、英語の教師が英語の発音のしかたを教えてい
る。

教師「最後の質問はもっとやさしい。Where is the father?」

ルネ「ザ・ファーザー……」

教師「(発音を強調して) ファーズァ」

ルネ「ファーザー」

教師「舌の先を歯のあいだにはさんで。ファーズァ」

ルネ「ファーザー」

教師「こうやって、ほら、ファーズァ」

ルネ「むりです、先生。そんな変な舌」

教師「何だと？　席に戻れ。(どもって) もどれ」

ルネはさっさと席に戻る。

教師「(怒って) 生意気な。(他の生徒に向かい) アブウ」

アブウと呼ばれた生徒は、あの書き損じてはペー
ジを破ってノートを1冊台無しにしてしまった少年
である。

教師「アブウ、答えなさい。Where is the girl?」

アブウ「(立ち上がって) The girl is at the beach」

教師「ビイィィィチ！」

　　　とbeachの発音を直しながら、廊下に人が来ている
　　　のに気づき、立ち上がって出口のほうへ行き、それ
　　　からふりかえってアントワーヌを呼ぶ。

教師「(生徒たちに) すわって。(そして前列の生徒の1人に) フロ
　　ショ、自習だ」

　　　と命じて、アントワーヌを伴って出ていく。

　　　校長室では、アントワーヌの母親のジルベルトが机
　　　をはさんで校長と話し合っている。

ジルベルト「主人も私も手を焼いておりますの」

校長「さぞかし、お困りでしょうな」

　　　アントワーヌが英語の教師に連れられて入ってくる。

　　　ジルベルトはいかにも息子のことを心配していたか
　　　のようにアントワーヌを抱きしめ、

ジルベルト「きのうはどこで寝たの？」

アントワーヌ「印刷工場で」

ジルベルト「可哀そうに。(アントワーヌを強く抱きしめ、校長の
　　ほうを向いて) でも、成績より行いが大事ですから」

校長「その通りです」

教師「(素っ頓狂に) ホルモンが問題ですかな」

　　　アントワーヌは母親にやさしく手をひかれて家に帰り、
　　　風呂に入れてもらう。

ジルベルト「(裸のアントワーヌをタオルにくるんでふいてやりながら)
　　風邪を引かないように。さあ、ベッドにお入り」

アントワーヌ「眠くないよ」

　　　アントワーヌがいつもの寝袋のある場所へ行って横
　　　になろうとすると、

ジルベルト「ママのベッドにおいで」

と言って、アントワーヌの肩を抱いて隣の寝室に連れていき、大きなベッドに寝かせつける。

ジルベルト　「（やさしく）お前の年頃には、私もね、問題があったの。親に反抗して、何も言わないで、日記に書いたの」

　　アントワーヌはじっと母親の話に聞き入る。

ジルベルト　「（さらにやさしく、親密に）いつか、お前にその日記を読ませてあげる。夏休みだったわ。羊飼いの少年と家出したけど、連れ戻された。そして別れさせられたの。仕方なかったわ。泣いてあきらめたわ。母親の命令だもの。（それから、アントワーヌの気持ちをひきつけるように）ねえ、ママにだけ教えて。あの手紙、どういうこと、"話し合いましょう"って？」

アントワーヌ　「（素直に）ぼくの行いが悪くて、学校で勉強しないから……」

ジルベルト　「それで、どうなの？」

アントワーヌ　「学校をやめて、ひとりで生活しようと思って……」

ジルベルト　「バカなまねはおよし。大学まで行かないとダメよ。出世できないからね。パパを見てよ。もちろん、役に立たない学科もあるわ。代数とか、理科とか。面白くないしね。でも、フランス語は別よ。読み書きは大切だわ。ねえ、2人だけの約束をしましょ。いい？　この次の作文で5番以内だったら、ごほうびに1000フランあげる。1000フランよ。パパには内緒よ」

・・操行ゼロ

　　白の短い半ズボンにポロシャツ姿の小肥りの体育

の先生が「イチ、ニィ」「イチ、ニィ」のリズムで呼子をピッピッと吹き鳴らしながら、生徒たちの先頭に立って駆け足をはじめる。校門を出て、街のなかへ。途中、生徒たちが1人、2人、3人と次々に列から抜けていく。ジャン・ヴィゴ監督の『新学期・操行ゼロ』への敬意をこめたパロディである。

・・バルザック

アントワーヌは、分厚い『バルザック全集』の1冊をひらき、タバコをすいながら、"絶対の探求"の最後の1節を読む。

声 「"瀕死の病人は突如、起き上がり、稲妻のような視線を子供たちに投げつけた。髪はそよぎ、しわはふるえ、顔は熱気を帯び、霊感にみち、崇高に輝いた。彼は叫んだ、有名なアルキメデスの言葉を――われ発見せり、と"」

壁にオノレ・ド・バルザックの肖像写真を飾るアントワーヌ。

学校の教室。作文の時間である。教師が黒板に課題を書く。

教師 「実際に体験した心に残る事件を書きなさい」

アントワーヌはじっと考え、心のなかでつぶやく。

アントワーヌ 「"われ発見せり"。(そして作文の題を書く)"わが祖父の死"」

家に帰ったアントワーヌは、バルザックの肖像写真を飾った"祭壇"にロウソクをともし、カーテンをおろす。

　　　　それから、夕飯の食卓につき、両親のよもやま話
　　　　を聞き流しながら、黙々と食べる。

ジュリアン「新しいタイピストが来たよ。かしこい
　　　　女だ。社長に取りいって秘書になったよ。大した
　　　　才覚だ。社長とできてるので、気をつけなきゃ。
　　　　出張費のごまかしかたなんか教えてバカみたよ。
　　　　相手は一流ホテルにお泊まりなんだ。ところで、
　　　　私の"旅ガイド"を知らんかね？　隠さなくてもよ
　　　　かろう」

ジルベルト「また、その話ね」

ジュリアン「でも、変じゃないか。(何かにおうのに鼻をき
　　　　かして) こげくさいぞ」

ジルベルト「私は消したわ」

　　　　アントワーヌが、バルザックの"祭壇"のロウソク
　　　　に火をつけたままであることに気づき、ハッとして
　　　　食卓を離れて走っていく。

ジュリアン「(立ち上がり) 何だ」

　　　　案の定、バルザックの"祭壇"のカーテンが燃え上
　　　　がっている。

　　　　ジュリアンは大声でどなりながら火を消す。

ジルベルト「(アントワーヌに) 早く水を」

ジュリアン「(アントワーヌの胸元をつかんで) このバカ！
　　　　いいかげんにしろ！　ロウソクなんかつけて、どう
　　　　するつもりだ」

アントワーヌ「(泣きそうになって) バルザックのためだ
　　　　よ」

ジュリアン「何がバルザックだ。こっちを向け」

アントワーヌ「作文を……」

ジルベルト「(アントワーヌをかばって) そう、約束したのよ」

ジュリアン「何を？　ボロ家の保険をか？（ポケットからライターを出し、アントワーヌの鼻先に突き出して火をつける）放火なら、ライターはどうだ？　家のしつけが甘すぎるというのか。陸軍幼年兵学校に行くか。どんな訓練を受けるか知ってるか。並足行進だぞ」

　　　　火もおさまり、ジュリアンは汚れた上着をぬぎ、新しい上着を着る。

ジルベルト「ねえ、気分を変えて、3人で映画を観に行かない？」

ジュリアン「けっこうな話だ。立派な教育法だ」

ジルベルト「（アントワーヌに）いい作文が書けた？」

アントワーヌ「うん、書けたよ」

ジルベルト「ねえ、ジュリアン、信じてほしいの。びっくりすることよ」

ジュリアン「ごめんだ」

ジルベルト「映画に連れてって」

ジュリアン「何を観る？」

ジルベルト「『パリはわれらのもの』（ジャック・リヴェットの監督第1作の題名）」

ジュリアン「計画してたな」

ジルベルト「観ないの？」

ジュリアン「観るさ。私は働いた。観に行く権利がある。だが、放火犯に映画とはな」

　　　　映画館"ゴーモン・パラス"で映画を観たあと、3人は楽しそうに笑いながら出てくる。一家水入らずで団欒といったムードだ。

アントワーヌ「アイスクリームがうまかったよ」

ジュリアン「冬はうまいんだ」

　　　　3人、小型自家用車に乗りこむ。父親のジュリアン
　　　　がハンドルを取り、助手席に母親のジルベルト。
　　　　うしろのシートにはアントワーヌ。3人ともまだ笑
　　　　いこけている。とくにアントワーヌのうれしそうな
　　　　笑い声が夜の街にひびきわたる。

アントワーヌ「映画、よかったね」

ジュリアン「つまらん」

ジルベルト「だって、内容があるわ」

ジュリアン「何だって？」

ジルベルト「内容よ」

ジュリアン「何が？」

ジルベルト「映画よ」

　　　　夢のような和気あいあいのムードがつづく。アン
　　　　トワーヌは笑いつづける。

ジュリアン「(車をとめておりながら) わが家だ。早く寝よ
　　う」

　　　　アパルトマンの1階の管理人の部屋の前で、ジュ
　　　　リアンは陽気にはしゃぐ。

ジュリアン「鬼将軍と参謀本部のお帰りだ」

ジルベルト「大声はよして」

ジュリアン「(階段をのぼる妻のジルベルトの脚にさわって) ママ
　　の脚、きれいだろ」

　　　　アントワーヌ、笑う。みんな、笑う。
　　　　部屋のなかに入ると、まだ"祭壇"のボヤのにおい
　　　　が残っているので、

ジュリアン「こげくさくて楽しき我が家だ」

ジルベルト「(アントワーヌに) ゴミを捨ててきてね」

　　　　アントワーヌは台所に入っていく。

ジルベルト「(鏡に向かいながら) あの子、よろこんでるわ。

いいことしたわ」

　　　　ジュリアンはジルベルトの背後から抱きかかえるよう
　　　　に両手を回し、彼女の豊かな乳房をつかむ。ジルベ
　　　　ルトが笑う。

　　　　アントワーヌは階段をおりてゴミを捨てに行く。

　　　　翌朝、学校の教室。モリセが暗誦をしている。

モリセ「"果てしない苦しみにたえて／涙をこらえる私
　　　　に／君はおどろく／苦しくとも私は幸福／苦しみを
　　　　歌って歓びに変えてしまうから／私は泣く／夜も昼も
　　　　／労働者は働く／農夫は土地を耕す／騎士は婦人に
　　　　仕える／船乗りは船をこぐ／巡礼は家路をたどる／
　　　　囚人は獄舎を呪う"」

　　　　その間に、モリセの大事な水中めがねが生徒たちの
　　　　手から手へ回され、めちゃくちゃに潰され、汚されて、
　　　　ふたたびモリセの机の上に返される。呆然とするモ
　　　　リセ。

　　　　教壇の教師が作文の結果を発表する。

教師「(厳しく、皮肉な口調で)ドワネル、お前の作文が最初
　　　　だ。なぜなら、一番悪い作文の例として取り上げる。
　　　　"絶対の探求"の引き写しだ。0点だ。バルザックに
　　　　失礼だぞ。まさに"暗黒事件"だ。作文の主題に祖父
　　　　の死を選んだ。それは勝手だ。ズル休みの口実に親
　　　　を殺してしまうほどだからな」

アントワーヌ「ぼくは写してません」

教師「ウソつけ。(作文を読み上げる)"瀕死の病人は起き上
　　　　がり、稲妻のような視線を投げた。髪はそよぎ、し
　　　　わはふるえ、顔は霊感にみち、崇高に輝いた。彼は
　　　　叫んだ、有名なアルキメデスの言葉を——われ発見

せり、と"。(辛辣に) 私も発見したよ。すべて引き写しだ」

アントワーヌ「違います」

教師「すぐ校長室に行くんだ。(そして1人の生徒にアントワーヌの作文を渡し) コロンベ、校長先生にこれを。(アントワーヌに) 学期末まで停学だ」

　　　　コロンベと呼ばれた生徒は作文を持ってアントワーヌに付き添って教室から出る。廊下で壁にかかっている生徒たちのオーバーや上着のポケットをさぐっていた1人の少年があわてて姿を消す。階段をおりる途中で、アントワーヌはコロンベをいきなり殴り倒して逃げる。

コロンベ「何だ」

　　　　教室では、ルネが教師に抗議する。

ルネ「先生、彼は無実です」

教師「無実?」

ルネ「当然です」

教師「生意気言うな。出て行け」

ルネ「停学なら出て行きます」

教師「(カンカンになって) 失せろ!」

ルネ「不当です」

教師「不当だと?　私は先生だぞ。不当とは何だ。生意気言うな」

　　　　教師はルネの襟首をつかんで廊下に押し出し、そのあとからカバンをほうり投げる。そして、コロンベが戻ってくるのを見て、

教師「校長室へ行ったか」

コロンベ「逃げました」

教師「逃げた?」

街路では、アントワーヌとルネが歩きながら、

アントワーヌ「あいつに一発くらわして逃げ出したんだ。君は？」

ルネ「ぼくも学期末まで停学だ」

アントワーヌ「ぼくはもう家には戻れない。陸軍幼年兵学校に送られる」

ルネ「何だ、その陸軍幼年兵学校ってのは？」

アントワーヌ「軍隊の何かだよ」

ルネ「軍隊なら将来性があるな」

アントワーヌ「軍隊は苦手だ。海軍ならともかく。海が見られるから。ぼくは海を見たことがないんだ。きみは？」

ルネ「見た。大西洋も見た。英仏海峡も、地中海も。黒海は知らないけど。ぼくの家にこいよ」

ルネはアントワーヌを連れて、古い大きな屋敷に入っていく。天井が高く、がらんとした広い部屋のなかに、実物大の馬のブロンズ像が置かれている。

アントワーヌ「すごいな。馬だ」

ルネ「親父の記念品さ」

アントワーヌ「（見回して）でっかい部屋だな」

ルネ「長椅子をどけよう。手を貸せ」

アントワーヌとルネは長椅子の上をかたづける。猫が何匹かいる。

アントワーヌ「両親は？」

ルネ「ここにはめったにこない。風車小屋と同じさ」

アントワーヌ「少し金がいるな。何とかしないと。最初は金が問題だ」

ルネ「最初は何でも金だ。先に遺産をもらうか」

それから、2人は大きなドアをそっとあけて、隣の部屋に入り、窓ぎわのマントルピースの上の花びんをさかさまにして鍵を取り出し、その鍵で貯金箱をあけて、何枚かの札を抜き取り、また貯金箱に鍵をかけ、花びんのなかに鍵を入れ返す。ここにも猫がいる。その時、ルネの母親が入ってくるので、2人はあわててカーテンのかげに隠れる。ルネの母親は、ルネがしたのと同じように花びんから鍵を取り出し、貯金箱をあけて、札を何枚か取ってハンドバッグに入れ、外に出ていく。そのあと、アントワーヌとルネも足を忍ばせ、ドアをしめる時も錠をおろす音がしないようにして、外に出る。

サクレ・クール寺院の正面の石段をおりる途中、2人は黒い長いマントを着た神父とすれちがいざま、『新学期・操行ゼロ』の悪童たちのように、

アントワーヌとルネ「マダム」

とふざけて挨拶し、走り去る。

神父「(ふりむいて、怒る) この悪たれが」

夜、ルネは、奥の部屋にかくまっているアントワーヌのことを気にかけながら、父親のビジェー氏と向かい合って夕食の食卓についている。

ビジェー氏「ママに会ったか」

ルネ「午後、会ったよ」

ビジェー氏「私には全然顔を見せない。何か、企んでるな。果物はどこだ? (と言いながら、立ち上がって台所へ

行く)」

　　　　　ルネはすかさず、棚の上の置時計の針を進め (ここにも
　　　　　猫がいる)、それから食卓の上のパンとチーズを取り、
　　　　　奥の部屋に駆けこみ、アントワーヌに、

ルネ「食えよ」

　　　　　そしてまた食卓に戻って何食わぬ顔をしている。父
　　　　　親が台所から果物をボールに入れて持ってくる。

ビジェー氏「(りんごを1個取ってルネに渡し、自分も1個取る。そして、
　　うしろをふりむき、時計を見て) 9時半だ。クラブに遅れる」

　　　　　父親が出かけると、すぐルネは時計の針を元に戻し、
　　　　　奥の部屋のアントワーヌに、

ルネ「急げ、映画に遅れるぞ」

　　　　　2人は映画館に入り、暗闇のなかで魅せられたように
　　　　　スクリーンに観入る。

　　　　　映画館から出る時に、2人は壁に飾られたイングマー
　　　　　ル・ベルイマン監督の『不良少女モニカ』のスチール
　　　　　写真をすばやくはぎ取って逃げ出す。

　　　　　次いで、有料公衆洗面所の"婦人用"の入口に見張り
　　　　　のおばさんがいないのをさいわい、目覚時計と小銭
　　　　　を盗んで逃げる。途中で、目覚時計が鳴り出す。

　　　　　馬のブロンズ像のある部屋に戻った2人はパジャマ
　　　　　に着がえ、ベッドの上で、タバコをふかしながら、
　　　　　バックギャモン (西洋すごろく) に興ずる。

アントワーヌ「のどがカラカラだ。(ワインのびんを取って飲も
　　うとするが) からっぽだ」

ルネ「(盤上の駒を進め) きみの番だ」

アントワーヌ「何個だ」

ルネ「12個」

アントワーヌ 「(口笛を吹く) あと3個か」

ルネ 「(アントワーヌが駒を進めたのを見て) 10個か」

　　　　ドアの外に誰かがやってくる音がする。

ルネ 「親父だ。毛布であおいで煙を消すんだ。(あわてて毛布を取って、アントワーヌといっしょにタバコの煙を散らそうとする)」

　　　　そして、アントワーヌはベッドのこちら側の床に腹ばいになって身を隠す。

　　　　ドアがあいて、ビジェー氏が入ってくる。部屋のなかは、タバコの煙でもうもうとしている。

ビジェー氏 「何事だ、煙だらけではないか。まるで喫煙室だ。タバコ代をこづかいから天引きだ。(馬のブロンズ像の上にアントワーヌのぬいだ着物などが置いてあるのを見て) 何だ、これはクズ籠ではないぞ。100万もするんだ。芸術品だぞ。これだけは最後まで手放さないからな。(アントワーヌの足の先がはみ出ているのを見て、隠れているのを知りながら) よし、もう灯を消して寝るんだ」

ルネ 「おやすみ」

　　　　翌朝、アントワーヌとルネは屋根裏部屋の窓から顔を出し、長い筒の先に紙をまるめてつめ、吹き矢をして遊んでいる。

アントワーヌ 「どうだ」

ルネ 「こいつはいい。最高だ。もう少し"旅ガイド"をくれ」

　　　　アントワーヌは"旅ガイド"のページを破く。父親のジュリアンが探していた、あの"旅ガイド"である。そのページをむしり取っては、まるめて吹き矢の"矢弾"にしているのだ。

アントワーヌ「あの馬が100万か」

ルネ「あれを売ったら殺されるよ」

アントワーヌ「100万入ったら、海へ行こう。船で誰もいない沖へ出よう」

・・タイプライター泥棒

アントワーヌとルネは、小さな女の子の手を取って、リュクサンブール公園を横切り、人形劇を観に行く。

人形劇"赤ずきんちゃん"に夢中で見入る子供たちの表情やさまざまな反応が隠しキャメラでとらえられる。

一番うしろの席にすわって、アントワーヌとルネが、人形劇の舞台から目を離さずに、悪だくみの相談をしている。

ルネ「何を盗む?」

アントワーヌ「タイプライター」

ルネ「それはいい」

アントワーヌ「ただ、番号(ナンバー)がついてる」

ルネ「質に入れるさ、売るとバレるから」

"赤ずきんちゃん"に熱狂する子供たち。

アントワーヌは昼休みの時間を利用して父親の会社に忍びこみ、タイプライターを1台盗み出し、ルネといっしょに広場を横切り、地下鉄に乗り、ピガールの周辺で周旋屋を探し回る。

とある横丁で周旋屋を見つける。

ルネ「条件は?」

周旋屋「1割だ」

ルネ「よし」

周旋屋「(アントワーヌからタイプライターを取り) 1000フランだ」

アントワーヌ　「質に入れてからだ」

周旋屋　「信用せんのか」

　　　　　周旋屋はタイプライターをかかえて質屋に入って
　　　　　いくが、やがてタイプライターを持ったまま出てき
　　　　　て、立ち去ろうとする。見張っていたアントワーヌ
　　　　　とルネが周旋屋を追いかけてつかまえ、

アントワーヌとルネ　「タイプライターを返せ」

アントワーヌ　「(周旋屋の前に立ちふさがり) ズラかる気か」

周旋屋　「なんだ、いたのか。ダメだったよ」

アントワーヌ　「なら、返せ」

周旋屋　「手間賃に500フランだ」

アントワーヌ　「ないよ」

周旋屋　「少しはあるだろ。300でいい」

アントワーヌ　「全然ない。返せ」

周旋屋　「なら、仕方がない。品物はあずかる」

ルネ　「そうはさせない」

アントワーヌ　「(周旋屋の襟首をつかまえ) 返せ。ぶんなぐ
　　　　るぞ」

周旋屋　「騒ぐな。どうせ盗んだ品物だろ」

　　　　　マントを羽織った警官の姿が見える。

ルネ　「おまわりが来た。きいてみようぜ」

周旋屋　「(仕方なしにタイプライターをアントワーヌに返す) わかっ
　　　　た。返してやる。(ふてくされて立ち去りながら) このガキど
　　　　もが」

　　　　　アントワーヌとルネは歩き疲れて、ガードの上に
　　　　　さしかかる。アントワーヌはうんざりした顔つきで
　　　　　タイプライターをかかえている。

アントワーヌ　「重い」

ルネ　「順番だ」

アントワーヌ「誰の考えだ、こんな……」

ルネ「きみだ」

アントワーヌ「ウソつけ、きみだ」

ルネ「何言ってるんだ」

アントワーヌ「捨てよう」

ルネ「バカ言うな (アントワーヌからタイプライターを取ってかかえる)」

アントワーヌ「よし、とにかく会社に戻そう。帽子をかぶって入ってくよ。大人に見えるだろ」

ビルの前にやってくる。もう夕方である。アントワーヌのほうがタイプライターを持っている。

アントワーヌ「持ってくれ」

ルネ「言い出したのは、きみだぞ」

アントワーヌ「わかったよ。帽子をかぶる間だけだ」

タイプライターをルネに持ってもらい、アントワーヌはショーウインドーの前で大人ものの帽子をかぶる。そして、タイプライターをかかえ、うまく会社にもぐりこみ、階段をすばやくのぼって、2階のオフィスに入り、タイプライターを元の場所に戻そうとしたところで、守衛につかまってしまう。

守衛「お前はドワネルの息子だな。タイプライターをそこに置くんだ。パパがよろこぶだろうよ。こっちもどやされるんだ。(電話のダイヤルを回しながら) 思い知らせてやる。泣きべそかくな。ずるがしこいガキは大きらいだ。(電話口に) ドワネルさんで？　会議中に失礼ですけれど、すぐ来ていただきたいんで。ええ、びっくりしますよ。不愉快でしょうがね」

アントワーヌが帽子をぬごうとすると、

守衛「（大きな手で帽子の上から頭を押さえつけて）帽子にさわるな。そうだ」

　　　　激怒した父親のジュリアンが、アントワーヌの肩を乱暴につかんで外に出てくる。

ジュリアン「ピクニックに行くのと違うぞ。これでママも私も安心して眠れる。（歩道で待っていたルネの前で）友だちの顔をよく覚えとけ。もう会えんからな。（アントワーヌをひっぱっていく）いずれはこうなるとわかってたんだ。少しは身にこたえるだろう」

　　　　警察署の前にやってくる。

ジュリアン「（表に立っている警官に）署長さんに」

　　　　警官が入口を示す。ジュリアンはアントワーヌを連れて、なかへ入っていく。

　　　　署長室の机の前に、ジュリアンとアントワーヌは腰をおろす。

ジュリアン「（署長に）手をつくしたんです。なだめたり、しかったり、殴りはしませんが……」

署長「ときには折檻も必要ですよ」

ジュリアン「折檻は性に合わないもので、つい自由に……」

署長「放任ですか」

ジュリアン「私ども夫婦は共稼ぎなもので、それで……」

署長「私も父親です。よくお立場がわかります」

ジュリアン「何も打ち明けてくれないし、話を聞こうともしない。（アントワーヌ、そっぽを向く）ほら、この調子です。（アントワーヌの頭に帽子をのせて）この格好でタイ

プライターと……。何を考えていることか」

署長「カバネル！」

　　　　1人の警官がやってくる。

署長「カバネル、この子の供述を取れ。浮浪と窃盗だ」

　　　　カバネルはアントワーヌを連れて去る。

署長「(ジュリアンに) どうなされますか」

ジュリアン「連れ帰っても、すぐまた家出します。どこか田舎にでもやって働かせて、監視していただきたいのです。学校もサボってばかりいますし……」

署長「それなら、少年鑑別所がよろしいでしょう。立派な施設で、作業場もあります」

ジュリアン「それはいい」

署長「欠員があればの話ですよ。それに父兄からの鑑別の依頼書も必要です。監視教育の責任上の問題です。明朝、少年審判所に送ります。ご両親の一方が立ち会ってください」

　　　　ジュリアンは息子のアントワーヌを置いて警察署の階段をおりていく。

　　　　署内の取調べ室では、カバネルと呼ばれた警官がアントワーヌの調書をタイプライターで打っている。

カバネル「目撃者は？ (アントワーヌ、首をふる) なし、と。(調書を読む)〝同日、ひそかに不法侵入におよんだことを供述する。盗品はタイプライター1台〟。よし。ここに署名して。(それから、同僚の警官をよんで) おい、シャルル、君に渡すぞ」

　　　　シャルルと呼ばれた警官はアントワーヌを連れて階段をおり、下にいたもう1人の警官に渡し、

シャルル「たのむよ」

警官「承知した」

アントワーヌは檻のような留置場に入れられる。
すでに1人、アルジェリア人の若い男が入ってい
る。

アルジェリア人「何をした？」

アントワーヌ「家出したんだ。あんたは？」

アルジェリア人「俺か……」

夜の女が3人、警官に連れられて入ってくる。も
う深夜すぎである。アルジェリア人もアントワー
ヌも眠っている。署内でドミノゲームをしていた
警官の1人 (監督のジャック・ドゥミー) が叫ぶ。

警官 (ジャック・ドゥミ)「ご婦人の到着だ」

女たちをアルジェリア人と同じ檻のなかに入れる
ために、アントワーヌはひっぱり出され、その脇に
ある小さな1人用の檻のなかに閉じこめられる。
女たちがくちぐちに毒づく。

女A「映画のおまわりはもっとこぎれいだったよ」

女B「汚いやつもいるさ」

女C「明るいやつもね」

やがて、表に車が到着する音が聞こえる。

警官 (ジャック・ドゥミ)「お迎えが来たぞ」

夜の女たち、アルジェリア人とともに、アントワー
ヌも檻から出され、表に待っている護送車に乗せ
られ、鉄格子の小窓の付いたドアが閉じられる。
護送車が走り出す。アントワーヌは鉄格子の小窓
に顔を押しつけるようにして外を見る。ネオンに
彩られたパリの夜景がどんどん遠ざかっていく。
アントワーヌの目に涙が浮かぶ。

少年審判所の受付で、アントワーヌは服装検査を

受ける。

書記「ネクタイもベルトも靴ひもも、全部だ。ポケット
　のなかのものも全部出せ」

　　　アントワーヌは言われるままに全部出す。

書記「署名しろ」

　　　次いで独房に入れられ、朝になると、アルミのカッ
　　　プに入ったコーヒーが差し入れられるが、アントワー
　　　ヌはひとくち飲んではき出し、カップごと床に叩きつ
　　　けるように捨ててしまう。そして、ベッドに腰かけ、
　　　床から古新聞をひろい上げ、その切れ端にジャン
　　　パーのポケットからタバコのくずを集めてのせ、くる
　　　くると巻いて、マッチで火をつけてすう。

　　　独房から出されたアントワーヌは、指紋を取られ、白
　　　い壁を背景に正面と横の顔写真を撮られる。

　　　予審判事の部屋では、アントワーヌの母親のジルベ
　　　ルトが判事の机に向かっている。

ジルベルト「あの子の心根を叩き直してほしいんです。
　こわい目にあわせてください」

判事「そんな……」

ジルベルト「親を恐れないんです」

判事「きちんと教育なされなかったのでは？　息子さ
　んは週末も家でひとりきりだったとか。なぜです？」

ジルベルト「主人は自動車クラブで週末はよく出かけ
　るんです。でも、あの子はスポーツが大きらいで、好
　きなのは映画だけなんです」

判事「ご主人の子供なんでしょう？」

ジルベルト「違うんです。私が連れ子して結婚したん
　です」

判事「子供のために……」

ジルベルト「ええ。でも余計な話を……」

判事「とんでもない。事情がよくわかりました。そういうことなら、ぜひ少年鑑別所に」

ジルベルト「海岸の近くだといいですわね」

判事「(あきれて) 林間学校とは違いますよ。でも私の力で何とか致しましょう。そこで3か月ほどお子さんの様子を見て、次の処置を決めます。いい環境です。ご心配なく」

ジルベルト「(立ち上がり) よろしくお願い致します」

・・少年鑑別所

　　　大きな鐘のクローズアップに、「少年鑑別所」の文字がダブって出る。

　　　少年たちが列をつくって庭に出てくるのが見える。「解散」という監視官の一声とともに少年たちがちりぢりになって走る。管理人らしい男が、庭で遊んでいた3人の少女 (自分の娘たちらしい) を片隅の檻のなかに入れる。

　　　施設の庭のなかで、アントワーヌと施設の仲間の1人が話している。

仲間「何でここへ?」

アントワーヌ「きみは?」

仲間「泥棒だ」

アントワーヌ「ぼくもタイプライターを盗んで……」

仲間「タイプライターを?　バカだな。すぐパクられる。番号でわかっちまうのさ。(庭でボール投げをしている少年を指さして) あいつを見ろ。タイヤをかっぱらった」

　　　庭の片隅にある彫像の下では、2人の少年が話し

合っている。

少年A「父はぼくの泣き声をバイオリンでまねるんだ。にくたらしかった。ついカッとして、なぐりつけちゃった」

少年B「俺なら、ぶっ殺しただろうぜ」

のっぽの少年が2人の警官に腕を取られて入ってくる。

少年たち「(くちぐちに) 見ろ、あの野郎、やっぱり捕まっちまったか。1週間前に逃げ出したんだが……」

脱走少年を連行していく警官の背後から、庭にいた少年たちが「人でなし!」「クソ警官!」などと罵言を浴びせる。監視官が少年たちにどなる。

監視官「騒ぐな。2列に並べ。何してる?　前へ進め」

2列縦隊になって進む少年たちの行進を、金網の檻のなかに入れられた3人の小さな少女が見つめている。

少年たちが食堂にかけこんできて、席につく。アントワーヌはすかさず皿の上のパンをむしり取って口に入れる。

監視官「パンを見せろ」

少年たちは全員、皿の上にパンをのせたまま差し出す。

監視官「よし。(アントワーヌに) つまんだな。皿とパンを持ってこい」

監視官に呼びつけられたアントワーヌは食堂の片隅にパンと皿を持っていく。

監視官「(すぐわきの棚をさして) そこへ置け。(それから腕時計をはずして棚の上に置き、両手をアントワーヌの前に出して) 右か左か?」

アントワーヌ 「左で」

　　　　　　　監視官はいきなり左手でアントワーヌの横面を張
　　　　　　　る。

監視官 「みな静かに！」

　　　　　　　少年たちは食事をはじめる。アントワーヌも立た
　　　　　　　されたまま、棚の上から皿を取り、パンをかじる。

　　　　　　　脱走少年が入れられている独房の外側の窓から、
　　　　　　　他の少年たちがジュースの差し入れをしてやる。

少年C 「俺の言った通りだ。捕まりやがって」

脱走少年 「5日間たっぷり遊んだぜ。また逃げてみ
　　　　　　せるからな」

監視官の声 「そこでみんな何してる？」

　　　　　　　少年たちはすばやく独房の窓の下から遠ざかる。

　　　　　　　鑑別所の正面入口の前のベンチで、アントワーヌ
　　　　　　　は仲間の少年と他の1人の少年とともに腰かけ、
　　　　　　　精神科医の"診察"の順番を待っている。
　　　　　　　「カナヤン、女医のところへ」と1人が呼ばれる。

仲間 「鉛筆をひろう時に、女医の脚を見ると調書に
　　　　　つけられるからな」

アントワーヌ 「調書？」

仲間 「女医のつけるカルテだ。身上調書、犯罪調書
　　　　　だ。俺の調書はこうだった。"性的倒錯傾向の不
　　　　　安定な精神運動に要注意"だって」

アントワーヌ 「バカのふりをしたら？」

仲間 「精神病院行きだ。地獄の戦線だぞ」

アントワーヌ 「地獄の戦線？」

　　　　　　　「ドワネル！」と呼ばれて、アントワーヌは女医の

ところへ行く。

女医 (声のみ)「なぜ盗んだタイプライターを返そうとしたの？」

アントワーヌ「なぜって、つまり……タイプライターが売れなくて、仕方なく……なぜかわからないけど、こわくて……」

女医「おばあさんからお金を盗んだこともあるそうね？」

アントワーヌ「ええ、祖母の誕生日に、1万フランほど。年寄りで少食なので、お金はいらないだろうと思って。死ぬ身ですから。隠し場所を知ってたので、盗みました。ほんの少しですから、気がつかなかった。その証拠に祖母はきれいな本を買ってくれました。でも、母がぼくのポケットを調べたんです。ぼくが夜、眠ってるあいだに、お金を取っていきました。朝になって知ったんです。母はぼくに全部白状させました。祖母のお金のことも、何もかも。母はぼくが祖母からもらった本も取り上げ、返してくれなかった。売ってしまったんです」

女医「ウソをつくことは？」

アントワーヌ「ありますけど、時々です。つまり……本当のことを言っても信じてもらえないので、それで……」

女医「なぜママがきらい？」

アントワーヌ「ぼくは最初、里子に出されて……それから祖母にあずけられたんです。祖母が年を取りすぎたので、8歳の時、両親の家に戻りました。母はぼくを愛していません。いつもぼくを怒ります。小さな、

つまらないことで……。それで、また……家で両
親の夫婦喧嘩の時に、ぼくは……聞いてしまった
んです。母のおなかにぼくができた時、つまり、母
は……結婚してなかったんです。それで、祖母と
言い争って、つまり……母はぼくを産みたくなかっ
たんです。堕_{おろ}すつもりだったんです。祖母がぼく
を救ってくれたんです」

女医「女と寝たことは？」

アントワーヌ「(ひねたような上目づかいでニヤッと笑って) ない
けど、友だちから聞いて、サンドニ街に行けば女
がいるというので、行ったんだけど……女にどなら
れて、怖気づいてしまって……それから何度かま
た……でも道で待ってたら、男が来て、そいつが、
いい女の子を紹介するから来いと言うんです。つ
まり……若者を相手にしてくれる若い娘がいるっ
て。で、ホテルに連れて行かれたけど、女はいな
かった。2時間待ったけど、とうとう来なかった
……」

　　　　父兄の面会日――少年鑑別所の門があき、表に
待っていた父兄たちが入ってくる。そのなかに、
ルネの姿も見える。しかし、ルネは未成年なので、
受付でことわられてしまう。

アントワーヌ「(窓ごしに) ルネ！」

　　　　しかし、声はとどかない。何度たのんでも面会が
許されないので、ルネはアントワーヌのほうに肩
をそびやかし、両手をあげ、あきらめて、自転車
に乗って去っていく。アントワーヌはがっかりする。
母親のジルベルトが入ってくる。

ジルベルト「パパはこないよ。面会室は向こう？」

アントワーヌ「こっちだよ」

面会室で、アントワーヌは母親と2人きりになって向かい合う。

ジルベルト「(きつい口調で) お前がパパに出した手紙を読んだよ。ひどいことを書いて。私たちは夫婦なんだよ。お前が父なし子でないのは誰のおかげ？　パパのおかげじゃないか。私たちは決めたよ。お前を引き取らないからね。お前が言いふらすから、近所の口がうるさいしね」

アントワーヌ「ぼくは何も……」

ジルベルト「(いよいよきつい口調で、容赦なく) 私は平気だよ。世間はバカばかりよ。言うことはこれだけよ。パパに同情は無用よ。パパもお前の将来には関心がないとさ。(皮肉っぽく微笑んで) お前も自立したいんだろ。勝手になさい。何でも好きにすればいい」

・・脱出

2人の監視官に引率された少年たちが列をつくって行進し、グラウンドに向かう。

フットボールに興じる少年たち。アントワーヌは柵のほうに転がっていくボールを追いかけ、ボールをひろってグループに投げ返してから、監視官のすきを突いて、金網の下をくぐり抜け、逃げ出す。気づいた監視官の1人があわてて追いかける。川べりを走っていくアントワーヌのうしろ姿が見える。

アントワーヌは小さな橋の下に身をひそめ、その上を走って追いかける監視官をやりすごしてから、別

の方向に走り出す。

アントワーヌは走る。走りつづける。

木々の間をぬけ、田舎道を通って、やがて河口に沿って、走りつづける。

防波堤をおりて、砂浜に出る。ひそやかに波の音が聞こえてくる。海に向かって、アントワーヌはゆっくりと走る。干潮の静かな波打際に、少年は初めて見る海を前にして、立ちどまる。波をかぶり、砂にくいこんだ足もとをたしかめるかのように、少年は波打際を歩いてみる。

それから、海に背を向け、ふりかえる。キャメラが少年の顔に寄っていく。そのままストップモーションになる。

FIN

フランス映画・1959年
S.E.D.I.F. + LES FILMS DU CARROSSE（パリ）製作／モノクローム
スクリーンサイズ（ディアリスコープ2,35:1）／100分／日本語字幕　山田宏一

音楽が
アントワーヌに
寄り添い続けるわけ

世武裕子

シナリオに綴られた物語に、

映画音楽はどう影響しているのだろう。

フランス映画に造詣が深い

映画音楽作曲家の世武裕子に聞く、

『大人は判ってくれない』における

音楽の狙いとは。

オープニングBGMに感じる表現の自由さ

映画音楽って、ナレーション的な役割がある一方で、逆に物語をミスリードさせるなど、より戦略的に機能させることもできます。特に昨今ではラストで大どんでん返しが起きるような映画が人気だから、観客がオチを想像できるような音楽は、マーケティング的にあまり好まれません。映画音楽にも巧妙な仕掛けが求められる時代です。

さて『大人は判ってくれない』では本編がはじまる前に、走る車の窓越しにエッフェル塔が見えつ隠れつする象徴的なタイトルバックがあります。本編と直接関係ないプロローグ的なパートですが、贅沢に2分30秒強の尺をとったこのオープニングのBGMとして、本作のメインテーマが1曲丸ごと流れます。

本作の音楽を手掛けたジャン・コンスタンタンは、おもにシャンソンの世界で活躍した人。エディット・ピアフの歌の作詞を手掛けたり、自身も歌手活動をしたりしていたらしいです。そんな歌謡の人だからこそ書ける、エモーショナルに歌い上げる独特の感じが本作のメインテーマにはあって、物語の世界観がよく表現されています。

エンドロールにふさわしいようなメインテーマをこういう形で流すのは、普通ならプロデューサーか

ら「音楽でネタバレしてるからやめてください」って言われそうなほど情報量が多いんですよね。「この映画はこういう物語です」って、最初から明かしているようなものですから。オープニングそのものだって、本作ほどたっぷりと尺はとれないのが今の主流。最初の短い時間で、観客を物語に惹きつけないと飽きられるという目線で、映画が作られている場合が多いからです。

そんな今ではなかなか見ないはじまり方だからといって、本作の魅力はまったく損なわれていないし、素朴な演出がかえってチャーミングに感じられるのがすごい。それに、「マーケティング的にどうかな」ということより、映画を作りたいように作ることが優先されていた1950年代末当時の自由さが、うらやましくもなってしまいます。

主人公に感情移入できるのは音楽のおかげ

続いて、本編の音楽について。特に感じるのは、物語の最初から最後まで一貫して、音楽が主人公アントワーヌ・ドワネルの絶対的な味方だということです。

本作のために作られた曲数は8曲ほどですが、それらに加え、メインテーマのメロディをさまざまな楽器で代わる代わる変奏した曲の断片が、映画のところどころに散りばめられています。その変奏の多くは、と

にかくアントワーヌの心情に寄り添っています。彼が不安そうなら音楽も不安げに、彼がたのしそうなら音楽もたのしく。だから観客も自然とアントワーヌに感情移入できます。

映画音楽には、観客と映画をつなぐ役割があります。もし本作の音楽が、オープニングで流れるメインテーマのような、客観的な目線でパリの市井を表現する曲に終始していたとしたら、観客はアントワーヌに思い入れるのが難しくなると思います。特に大人なら、つい教師や親の側に立って「大人が言うこと、ちょっとは聞きなよ！」と思ってしまうかもしれない。そうしたら元も子もないですよね。

アントワーヌに寄り添っているのは音楽だけでなく、カメラの回し方だって、そう。つまり本作は、アントワーヌの反抗心をスタッフ全員でフルサポートしている作品なんだと思います。そう考えると『大人は判ってくれない』という邦題は、改めて本作にぴったりで秀逸ですよね。近頃は作品が語りたいことを無視したような邦題も多いですけど (笑)。

トリュフォーといえばダイアローグ

わたしは高校卒業後、映画音楽を学ぶためパリに留学しました。そのときフランソワ・トリュフォーがいかにフランス人から尊敬されているかを実感し

たんです。同世代からだけでなく、若い世代からも愛されていて。日本では、同じヌーヴェル・ヴァーグ界隈で言うならむしろ、ファッション性が高いジャン＝リュック・ゴダールの作品を好きな人が多い印象があります。

パリ留学中はレ・アール地区にある文化施設「フォーラム・デジマージュ (Forum des Images)」で、トリュフォーの作品をたくさん観ました。『あこがれ』(57)、『華氏451』(66)、『アメリカの夜』(73)……。そんな日々の中で気づいたのは、ダイアローグ (対話、せりふ) の巧みさです。

たとえば『突然炎のごとく』(61) のヒロイン、カトリーヌ。実際にこんなわがままなオンナがいたらうっとうしいだろうけど、スクリーンの中にいる彼女が周りとやりとりする言葉の端々から、だんだんかわいく思えてくる。なんてことない日常のシーンでさえ、ダイアローグによって生き生きしてくるんです。フランス語がわかってきた頃だったから、余計に細部のおもしろさに注目するようになっていました。

ゴダールのような先鋭的な作風の監督は、ダイアローグをわざとつなげなかったりする。一方でトリュフォーはダイアローグを丁寧につなげていく。ここから先は想像ですが、その対話を重視する姿勢は映画の中だけでなく、"映画の外"つまり撮影現場でも同じだったのではないかという気がします。ひとりよがりに

ならず、スタッフ・キャスト一人ひとりに愛とリスペクトを持っていたからこそ、『大人は判ってくれない』のような優しくて強い映画を撮れたのではないでしょうか。

先ほど本作の音楽はアントワーヌの味方だと言いましたが、突き詰めればそれは、トリュフォーの温かい眼差しそのものではないかと思うのです。どの作品を観ても、彼のまじめさや人間愛が伝わってきますし、親子、友だち、恋人、夫婦……あらゆる人間関係について学べるとさえ思います。

これまでトリュフォーを知らなかった人も、ぜひ一度作品を観てみてほしい！　芸術性が高すぎて難しいなんてことは絶対にない、でも作家性がある稀有な監督です。天才って目立つ人だけじゃないと思うんです。トリュフォーのように、作品が一見さらっとしていて特段華々しいものを描いていなくても、すごい才能を持った人もいるんですよね。流行に流されず、自身を貫き続けた彼の映画には、いつまでも色あせない魅力を感じます。

〈2020年2月某日、東京・恵比寿にてインタビュー〉

（せぶ・ひろこ　映画音楽作曲家、ミュージシャン）

『大人は判ってくれない』
名所巡礼アドレス帳 in Paris

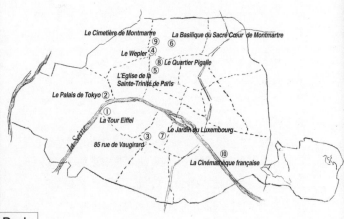

Le Cimetière de Montmartre ⑨

La Basilique du Sacré Cœur de Montmartre ⑥

Le Wepler ④

⑧ Le Quartier Pigalle
⑤

L'Eglise de la
Sainte-Trinité de Paris

Le Palais de Tokyo ②

① La Tour Eiffel

Le Jardin du Luxembourg

③
85 rue de Vaugirard

⑦

⑩ La Cinémathèque française

La Seine

Paris

---

①エッフェル塔
La Tour Eiffel

Champ de Mars,
5 Avenue Anatole France,
75007 Paris

toureiffel.paris

登場シーン：タイトル (p.20)

パリのシンボル、エッフェル塔はタイトルバックで印象的に登場する。監督のトリュフォーはエッフェル塔への思い入れが強いあまり、引っ越しするたび、新居には必ず、窓からこの塔が見える部屋を選んでいたそう。

---

②パレ・ド・トーキョー
Le Palais de Tokyo

13 Avenue
du Président Wilson,
75116 Paris

palaisdetokyo.com

登場シーン：タイトル (p.20)

タイトルバックで一瞬映る、セーヌ川沿いの建物。今では最先端の現代美術を紹介する美術館として使われ、またセーヌ川側の広場は近頃、地元スケーターが集まるスケートボードのメッカになっている。

---

③ヴォージラール通り
85番地の学校跡

85 rue de Vaugirard,
75006 Paris

登場シーン：学校のアントワーヌ (p.20–)

アントワーヌの学校として今作に登場している建物。撮影当時は写真映画学校として使われていて、クリスマス直後の冬休み中に撮影を行ったそう。レリーフが印象的なファサードは現在、歴史的記念物に指定されている。

④ウェプレール
Le Wepler
14 Place de Clichy,
75018 Paris
wepler.com

登場シーン：道草 (p.29–)

下町の雰囲気漂う、にぎやかなクリシー広場に今もある、老舗ブラッスリー。20世紀前半には、ピカソ、ユトリロ、モディリアーニら芸術家たちが訪れた。アントワーヌはこの店の前で、母と浮気相手のキスを目撃。

⑤サント・トリニテ教会
L'Eglise de la Sainte-Trinité de Paris
Place d'Estienne d'Orves,
75009 Paris
latriniteparis.com

登場シーン：家出 (p.38–)

家出したアントワーヌは一晩中街をさまよった末、明け方にこの教会の噴水で顔を洗う。パリ市庁舎も手掛けた19世紀の建築家、テオドール・バリューが設計。他の教会と比べ、非常に短期間・低予算で建てられたそう。

⑥サクレ・クール寺院
La Basilique du Sacré Cœur de Montmartre
35 Rue
du Chevalier de la Barre,
75018 Paris
sacre-coeur-montmartre.com

登場シーン：バルザック (p.44–)

モンマルトルの丘の上にそびえ立つ、言わずと知れたこの観光名所の教会も、アントワーヌとルネにとっては格好の遊び場に。世界中で大ヒットしたフランス映画『アメリ』(01) にも登場、各国の観光客に人気だ。

⑦リュクサンブール公園
Le Jardin du Luxembourg
75006 Paris

登場シーン：タイプライター泥棒 (p.54–)

アントワーヌとルネが女の子の手をとり、人形劇（ギニョール）を観に行くのが、リュクサンブール公園。この公園はパリ市民の憩いの場で、晴れた日には、日なたぼっこやピクニックをする人で溢れかえる。

⑧ピガール地区
Le Quartier Pigalle
75009 Paris

登場シーン：タイプライター泥棒 (p.54–)

老舗の有名キャバレー、ムーラン・ルージュなどが立ち並ぶ歓楽街で、ネオンに彩られた夜のパリに出合える地区。護送車で少年審判所へ移送されていくアントワーヌが、鉄格子越しに涙を浮かべながら見た風景だ。

⑨モンマルトル墓地
Le Cimetière de Montmartre
20 Avenue Rachel,
75018 Paris

登場シーンなし

トリュフォーのお墓がある墓地。その他にも作家のスタンダール、ゾラ、画家のドガなど錚々たる面々が眠る。そうした著名人のお墓の場所を示したマップが、現地では無料で貸し出しされていて、散策におすすめ。

⑩シネマテーク・フランセーズ
La Cinémathèque française
51 Rue de Bercy,
75012 Paris
cinematheque.fr

登場シーンなし

トリュフォー少年が映画を観ようと通いつめた文化施設。2005年、建築家フランク・ゲーリー設計の旧アメリカンセンターの建物に新たに開館した。映画関連の展覧会やトーク、貴重な回顧上映などを常時開催している。

著 者 略 歴

François Truffaut　フランソワ・トリュフォー

映画監督。1932年、パリ生まれ。父は不明で里子に出されたのち、33年に母が結婚。おもに母方の祖母に育てられ、10歳から両親と同居。16歳のとき、シネクラブ「映画中毒者集会」を設立。のちに自身の"精神的父親"となる、映画批評家のアンドレ・バザンと知り合う。失恋がきっかけで軍隊に入るも脱走し、軍刑務所付属精神病院に収容される。バザンの力添えで除隊を認められ、彼の推薦で53年から『カイエ・デュ・シネマ』誌などに映画批評を執筆。59年に長編第1作『大人は判ってくれない』を完成させ、ヌーヴェル・ヴァーグの旗手として一躍注目を集めた。同作主人公のその後を描いた続編として『アントワーヌとコレット』(62/オムニバス映画『二十歳の恋』に収録された短編)、『夜霧の恋人たち』(68)、『家庭』(70)、『逃げ去る恋』(78)があり、まとめて「アントワーヌ・ドワネルの冒険」シリーズと呼ばれている。その他の代表作に『あこがれ』(57/短編)、『ピアニストを撃て』(60)、『突然炎のごとく』(61)、『華氏451』(66)、『恋のエチュード』(71)など。84年にパリ近郊のヌイイ＝シュル＝セーヌの病院にて、悪性脳腫瘍のため死去。

Marcel Moussy　マルセル・ムーシー

脚本家、映画・テレビドラマ監督、作家。1924年、アルジェ生まれ。テレビドラマの脚本でトリュフォーから注目され、『大人は判ってくれない』の脚色・台詞執筆の依頼を受ける。トリュフォーの次作『ピアニストを撃て』にも着手したが、リアリズムに固執するムーシーとトリュフォーの意見が合わず、ムーシーは途中で降りた。99年、カーンにて死去。映画監督作に『赤と青のブルース』(60)、『Trois hommes sur un cheval』(69/日本未公開)。またルネ・クレマン監督『パリは燃えているか』(66)のフランス語追加台詞、アンリ＝ジョルジュ・クルーゾー監督『囚われの女』(68)の共同脚本も手掛けた。

訳 者 略 歴

山田宏一（やまだ・こういち）

映画評論家。1938年、ジャカルタ生まれ。東京外国語大学フランス語科卒業。64〜67年、パリ在住。その間『カイエ・デュ・シネマ』誌同人。著書に『増補 友よ映画よ、わがヌーヴェル・ヴァーグ誌』『増補 トリュフォー、ある映画的人生』『フランソワ・トリュフォー映画読本』『フランソワ・トリュフォーの映画誌』『トリュフォーの手紙』『トリュフォー 最後のインタビュー』(蓮實重彦と共著)など。訳書に『ある映画の物語』『子供たちの時間』(ともにトリュフォー著)『トリュフォーによるトリュフォー』など。写真集に『NOUVELLE VAGUE』。87年、フランスの芸術文化勲章シュバリエ受勲。91年、第1回Bunkamuraドゥマゴ文学賞(トリュフォー、ある映画的人生)。2007年、第5回文化庁映画賞(映画功労表彰部門)。17年、第35回川喜多賞受賞。

Saturday Cinema Books

大人は判ってくれない

・

著者	フランソワ・トリュフォー、マルセル・ムーシー
翻訳	山田宏一

2020年 5月10日 初版印刷
2020年 5月30日 初版発行

発行者	豊田剛
発行所	合同会社土曜社
	150-0033 東京都渋谷区猿楽町11-20-301
	www.doyosha.com

デザイン	明津設計
校閲	立花真紀、立花あかね
編集	川口ミリ

用紙	王子製紙、日本製紙
印刷	日本ハイコム
製本	加藤製本

Special Thanks to	Laura Truffaut
	Eva Truffaut
	Joséphine Truffaut
	Marcel Moussy Estate
	MK2 Films
	川喜多記念映画文化財団
	日下部行洋

・

The 400 Blows
by François Truffaut & Marcel Moussy

This edition published in Japan
by DOYOSHA in 2020
11-20-301, Sarugaku, Shibuya, Tokyo 150-0033, JAPAN

ISBN978-4-907511-77-7 C0074

ヘミングウェイ『移動祝祭日』
福田陸太郎 訳

――もしきみが幸運にも青年時代にパリに住んだとすれば、きみが残りの人生をどこで過ごそうともパリはきみについてまわる。なぜならパリは移動祝祭日だからだ。1920年代パリの修業時代を描くヘミングウェイ61歳の絶筆を、詩人・福田陸太郎の定訳でおくる。

大杉栄『日本脱出記』
大杉豊 解説

1922年――、ベルリン国際無政府主義大会の招待状。アインシュタイン博士来日の狂騒のなか、秘密裏に脱出する。有島武郎が金を出す。東京日日、改造社が特ダネを抜く。中国共産党創始者、大韓民国臨時政府の要人たちと上海で会う。得意の語学でパリ歓楽通りに遊ぶ。獄中の白ワインの味。「甘粕事件」まで数カ月――大杉栄38歳、国際連帯への冒険！

モーロワ『私の生活技術』
中山眞彦 訳

ヒルティ（1891年）、アラン（1925年）、ラッセル（1930年）の三大幸福論のあと、フランス人作家モーロワが1939年に世に問うた第四の幸福論。進学、結婚、昇進、定年など人生の節目に繙きたい「モーロワ箴言集」。

ボーデイン『キッチン・コンフィデンシャル』
野中邦子 訳

CIA出身の異色フレンチシェフがレストラン業界内部のインテリジェンスをあばく。2001年に初版が出るやいなやNYタイムズ紙がベストセラーと認定し、著者は自身の名を冠したテレビ番組のホストという栄誉を得、あまたの読者を料理のセクシーさに開眼させた自伝的実録。「月曜日に魚料理を食べるな」「グローバルのシェフナイフ一本あればいい」など、役立つ知見を含む極上の読みものを、人気の野中邦子訳でおくる。